*28 Avril 1888*

## VENTE DU SAMEDI 28 AVRIL 1888

### HOTEL DROUOT, SALLE N° 5

*à deux heures*

# MEUBLES ANCIENS

## EN BOIS SCULPTÉ

### DES XVI<sup>e</sup> ET XVII<sup>e</sup> SIÈCLES

Beau meuble à deux corps en noyer, Crédence gothique
Cabinets Louis XIII
Pendule Louis XIV, Bronzes d'ameublement, Lustre Louis XIV
Faïences italiennes et hispano-moresques
Faïences et Porcelaines anciennes, Vitraux

## BELLES TAPISSERIES RENAISSANCE

*et à sujets de verdure*

Étoffes anciennes, Cuirs de Cordoue
Deux Pastels, attribués à Latour, Tableaux

### En partie arrivant de province

---

## EXPOSITION PUBLIQUE

## Le Vendredi 27 Avril 1888

### DE 1 HEURE 1/2 A 5 HEURES

---

| COMMISSAIRE-PRISEUR | EXPERT |
|---|---|
| **M<sup>e</sup> HUGUET** | **M. B. LASQUIN** |
| 71, rue de la Victoire, 71 | 12, rue Laffitte, 12 |

# CONDITIONS DE LA VENTE

---

Elle sera faite au comptant.

Les acquéreurs payeront en sus des enchères *cinq pour cent*, applicables aux frais.

L'exposition mettant le public à même de se rendre compte de l'état des objets, il ne sera admis aucune réclamation une fois l'adjudication prononcée.

---

Paris. — Imp. de l'Art, E. Ménard et Cⁱᵉ, 41, rue de la Victoire.

# DÉSIGNATION DES OBJETS

## MEUBLES ANCIENS

1 — Beau meuble à deux corps de la fin du
xvi<sup>e</sup> siècle, en noyer sculpté, ouvrant à quatre
portes, représentant les figures allégoriques
des Saisons sculptées en bas-relief. Il est
orné de colonnettes à chapiteaux, de têtes de
chérubins, de mascarons et de parties incrus-
tées en bois de couleur.

2 — Crédence gothique ouvrant à deux portes,
en bois sculpté à fleurs de lis et fleurons, gar-
nie de ses ferrures anciennes.

3 — Cabinet Louis XIII à huit tiroirs, plaqué d'écaille rouge avec incrustations de
bois et d'ivoire. La partie centrale s'ouvre à
une porte et l'intérieur renferme trois autres
tiroirs.

4 — Glace Louis XIV à fronton en bois sculpté et doré à figures, mascarons et feuillages, avec cadre intérieur en bois noir gravé et appliqué d'ornements de glace.

5 — Petite table Louis XIII à pieds en noyer reliés par un entrejambes. Le dessus, de forme octogonale, est garni de tapisserie à la main dans un encadrement de bois marqueté.

6 — Petite pendule du temps de Louis XIV avec son socle de suspension en écaille rouge, ornée de bronzes et surmontée d'une figure d'enfant triton.

7 — Coffre gothique en chêne sculpté à nervures ogivales, rosaces et fleurons. Le devant s'ouvre à deux battants et est garni d'une ancienne serrure découpée à jour.

8 — Petit meuble Louis XIII à deux corps, en noyer sculpté, le bas ouvrant à deux portes ornées de figures et à montant sculpté, le haut surmonté d'un fronton. Une caisse de sûreté a été adaptée à l'intérieur.

9 — Grand meuble à deux corps du temps de Louis XV, en bois sculpté à moulures contournées.

10 — Belle armoire Louis XIV, ouvrant à quatre portes et deux tiroirs ornés de sculptures, bustes allégoriques des Saisons dans des encadrements de feuillages, et pendentifs à guirlandes de fruits.

11 — Pendule Louis XVI en bois sculpté et doré, avec cadran supporté par une colonnade au milieu d'un trophée d'armes.

12 — Coffre italien du xvɪᵉ siècle en bois gravé, offrant à l'intérieur différentes scènes de la Passion avec nombreuses figures.

13 — Petit coffre en bois sculpté à figures sous des arceaux.

14 — Sièges Louis XIII.

15-16 — Deux meubles Louis XIII.

17 — Berceau hollandais et un support en bois peint à fleurs et médaillons de figures.

18 — Miroir convexe avec bordure en bois doré, surmonté d'un aigle.

# BRONZES

19 — Pendule Louis XVI en bronze doré et marbre blanc à sujet : Enfants chasseurs.

20 — Deux flambeaux Louis XVI en bronze doré.

21 — Deux statuettes d'amours en bronze noir sur socles en bronze doré.

22 — Deux petites appliques Louis XIV à une lumière en bronze doré.

23 — Deux dessous de carafes en plaqué.

24 — Plateau ovale à fond de glace, avec bordure en bronze doré du temps de l'Empire.

25 — Deux petits flambeaux-cassolettes en forme de vases Louis XVI, en bronze.

26 — Petite aiguière, genre Renaissance, en bronze.

27 — Petite aiguière, genre Renaissance, en argent et cristal.

# FAIENCES ET PORCELAINES

28 — PESARO, XVIᵉ siècle. Plat rond, décor à reflets métalliques en jaune et bleu, offrant au
centre un buste de femme de profil à gauche,
dans un médaillon circulaire circonscrit dans
une bande d'imbrications alternée de fleurs,
bordure étroite sur laquelle court un ruban
festonné.

29 — PESARO, XVIᵉ siècle. Coupe ronde sur piédouche, décor à reflets métalliques en bleu et
jaune ; au centre, buste de femme de profil
dans une rosace étoilée.

30 — PESARO, XVIᵉ siècle. Plat rond décoré à reflets métalliques en bleu, jaune et vert, avec
buste de femme de profil à gauche au centre,
et compartiments d'imbrications et de car-
touches sur la bordure.

31 — PESARO, XVIᵉ siècle. Plat rond entièrement
couvert d'imbrications en jaune et bleu avec
reflets métalliques.

32 — PESARO, XVIᵉ siècle. Petite coupe godron-

née à décor rayonnant en bleu et jaune, à reflets métalliques avec feuillages au centre.

33 — Plateau carré en ancienne faïence italienne, décoré en bleu et couvert de reflets métalliques ; au centre, un sanglier ; au revers, une armoirie de cardinal en couleurs.

34 — Plaque en faïence de Venise, représentant un paysage maritime en couleurs, dans un encadrement à fronton rocaille.

35-36 — Quatre plateaux ronds, décorés de grotesques et de sujets à figures en faïence italienne, l'un à reflets métalliques.

37 — Deux coupes godronnées, en faïence italienne, décorées de grotesques.

38 — Trois pièces : petit plateau rond en faïence de Castelli, représentant la Sainte Famille ; petit plateau rond hispano-moresque, à reflets mordorés, et une coupe en terre émaillée.

39 — Deux hanaps et un vase de pharmacie en faïence italienne, de décors variés.

40 — Broc en faïence de Castelli, à joli décor de nymphes et d'amours, avec traces de dorure.

41 — Potiche en faïence de Delft à décor bleu et gourde en faïence italienne.

42 — Deux plats en faïence italienne, fond gros bleu, l'un décoré en jaune, l'autre avec écusson armorié.

43 — Plat en faïence espagnole à reflets métalliques.

44 — Deux plats modernes en faïence, genre Gubbio et Faenza.

45-55 — Onze plats de diverses dimensions et de décors variés, à reflets métalliques, des fabriques hispano et siculo-arabes du XVI$^e$ siècle. (Seront vendus séparément.)

56 — Deux jolis porte-fleurs en forme de vases superposés, avec nombreux goulots, en ancienne faïence de Delft, décor polychrome en bleu, rouge et vert à fleurs et oiseaux.

57 — Trois plats en faïence de Delft, à décor

polychrome, dont un avec figure au centre, et
un quatrième à décor bleu.

58 — Plat rond en faïence de Gênes, décor bleu
avec figure de Cupidon.

59 — Plateau rond en ancienne faïence espagnole à reflets métalliques mordorés, sur
fond bleu uni.

60 — Plat rond en faïence de Rouen, décor à
lambrequins et festons de fleurs en bleu.

61 — Petit plat rond et creux en ancienne faïence
de Nevers, fond gros bleu, décoré d'oiseaux
et de fleurs en blanc et jaune d'ocre.

62 — Plat à bord festonné en faïence de Gênes,
décoré en bleu de figures dans un paysage.

63 — Plateau rond à bord festonné en faïence
italienne bleu empois, avec motif d'ornement
au centre.

64 — Deux boîtes à thé en faïence de Delft, décor bleu à paysage et figures.

65 — Vase forme potiche en ancienne faïence de
Nevers, à décor bleu.

66 — Assiette en ancienne faïence  de Delft, à
décor bleu à armoiries.

67 — Plat en faïence  de Saint-Amand, décor
bleu et blanc.

68 — Petit plat en faïence d'Urbino,  avec figure
d'amour.

69 — Grand groupe en biscuit de Sèvres, représentant le couronnement de J. J. Rousseau.

70 — Soupière  Louis XVI et son plat en terre
de pipe blanche.

71 — Girandole à trois lumières en vieux Saxe,
ornée d'une figurine d'amour.

72 — Vase en céladon craquelé vert de Chine,
socle en bois sculpté.

73 — Bouteille en porcelaine de Chine, décorée
d'arabesques en bleu.

74 — Chope cylindrique à surprise, en terre de
pipe décorée.

75 — Vase cylindrique à couvercle en porcelaine
de Capo di Monte, décor en relief : l'Autel de
l'Amour.

76 — Grand plat en ancienne porcelaine de la Chine, émaillée en couleurs, et plat long en porcelaine de l'Inde, à décor bleu.

77 — Sept assiettes en ancienne porcelaine de la Chine et de l'Inde, décorée en émaux de couleurs.

78 — Deux vases de forme ovoïde à piédouche, en porcelaine décorée dans le goût des émaux de Limoges, avec monture en bronze.

79 — Coupe ronde de même porcelaine et de décor analogue.

## DIVERS

80 — Feuille d'éventail en trois parties, décorée de figures pastorales peintes à la gouache dans le goût de Boucher, avec monture d'ivoire sculpté du temps de Louis XV.

81 — Quatre volets et deux autres plus petits, composés de vitraux des xv$^e$ et xvi$^e$ siècles : médaillons en grisaille, têtes, ornements et blasons.

82 — Grand lustre Louis XIV à douze lumières,
en cuivre garni de cristaux de Bohême, pièces
d'enfilage et plaquettes.

## TAPISSERIES ET ÉTOFFES

83 — Belle tapisserie Renaissance à sujet cham-
pêtre, avec bordure à rinceaux et cariatides.

84 — Jolie petite tapisserie de la Renaissance, à
sujet de chasse, avec bordure à person-
nages.

85 — Tapisserie Louis XIV, à grands person-
nages.

86 — Autre tapisserie de même époque.

87 — Bordure en tapisserie du temps de Louis
XIV.

88 à 97 — Dix tapisseries de Flandres verdures.

98 — Fragment de tapisserie ancienne avec
joueur de flûte.

99 — Grand bandeau en tapisserie Renaissance,
à figures, fleurs et feuillages.

100 — Tableau en tapisserie dans le goût de Bérain.

101 — Deux coussins en broderie de soie appliquée sur drap vert.

102 — Lot de divers morceaux de soierie ancienne et de passementeries.

103 — Grand lambrequin en soie verte et rouge appliqué d'écussons armoriés.

104 — Chape en soie Louis XVI à rayures et brochée à fleurs.

105 — Chape dont le chaperon et la bordure de soie jaune brodée de soie de couleurs et d'argent.

106 — Bandeau en soie blanche, brodée en couleurs or et argent.

107 — Longue bande de soie jaune, brochée d'argent et de soie de couleurs.

108 — Bande de soie Louis XV, brochée d'argent et à fleurs.

109 — Tenture en ancien cuir de Cordoue.

# TABLEAUX ET PASTELS

---

## LATOUR (Attribué à).

110 — *Portraits de Suster et de sa femme.*

L'homme en buste de trois quarts à droite, en habit de velours marron, chevelure poudrée.

La femme en buste en corsage bleu, regardant de face.

Deux beaux pastels dans des cadres anciens.

## MARTIN

111 — *La Reddition de Douai.*

Cadre Louis XIII en bois sculpté.

## MEULEN (Van der)

112 — *Le Passage du Rhin.*

Cadre ancien en bois sculpté.

## ÉCOLE FRANÇAISE

113 — *Portrait de femme.*

En buste, corsage à rubans. Forme ovale.

## ÉCOLE FRANÇAISE

114 — *Portrait d'homme.*

Pendant du précédent.

## ÉCOLE FRANÇAISE

115 — *Portrait d'Anne d'Autriche.*

Cadre Louis XV.

## ÉCOLE ITALIENNE

116 — *Madeleine repentante.*

## TITIEN (D'après le)

117 — *Portrait de François Ier.*

En buste. Cadre Louis XIV en bois sculpté.

# INCONNU

118 — *Portrait de Lud. Barreau, docteur en théologie.*

>   Paris, 1837.

119 — Gravure ancienne encadrée.